기획의 말

그리운 마음일 때 'I Miss You'라고 하는 것은 '내게서 당신이 빠져 있기(miss) 때문에 나는 충분한 존재가 될 수 없다'는 뜻이라는 게 소설가 쓰시마 유코의 아름다운 해석이다. 현재의 세계에는 틀림없이 결여가 있어서 우리는 언제나 무언가를 그리워한다. 한때 우리를 벅차게 했으나 이제는 읽을 수 없게 된 옛날의 시집을 되살리는 작업 또한 그 그리움의 일이다. 어떤 시집이 빠져 있는 한, 우리의 시는 충분해질 수 없다.

더 나아가 옛 시집을 복간하는 일은 한국 시문학사의 역동성이 드러나는 장을 여는 일이 될 수도 있다. 하나의 새로운 예술작품이 창조될 때 일어나는 일은 과거에 있었던 모든 예술작품에도 동시에 일어난다는 것이 시인 엘리엇의 오래된 말이다. 과거가 이룩해놓은 질서는 현재의 성취에 영향받아 다시 배치된다는 것이다. 우리는 현재의 빛에 의지해 어떤 과거를 선택할 것인가. 그렇게 시사(詩史)는 되돌아보며 전진한다.

이 일들을 문학동네는 이미 한 적이 있다. 1996년 11월 황동규, 마종기, 강은교의 청년기 시집들을 복간하며 '포에지 2000' 시리즈가 시작됐다. "생이 덧없고 힘겨울 때 이따금 가슴으로 암송했던 시들, 이미 절판되어 오래된 명성으로만 만날 수 있었던 시들, 동시대를 대표하는 시인들의 젊은 날의 아름다운 연가(戀歌)가 여기 되살아납니다." 당시로서는 드물고 귀했던 그 일을 우리는 이제 다시 시작해보려 한다.

기획의 말

그리운 마음일 때 'I Miss You'라고 하는 것은 '내게서 당신이 빠져 있기(miss) 때문에 나는 충분한 존재가 될 수 없다'는 뜻이라는 게 소설가 쓰시마 유코의 아름다운 해석이다. 현재의 세계에는 틀림없이 결여가 있어서 우리는 언제나 무언가를 그리워한다. 한때 우리를 벅차게 했으나 이제는 읽을 수 없게 된 옛날의 시집을 되살리는 작업 또한 그 그리움의 일이다. 어떤 시집이 빠져 있는 한, 우리의 시는 충분해질 수 없다.

더 나아가 옛 시집을 복간하는 일은 한국 시문학사의 역동성이 드러나는 장을 여는 일이 될 수도 있다. 하나의 새로운 예술작품이 창조될 때 일어나는 일은 과거에 있었던 모든 예술작품에도 동시에 일어난다는 것이 시인 엘리엇의 오래된 말이다. 과거가 이룩해놓은 질서는 현재의 성취에 영향받아 다시 배치된다는 것이다. 우리는 현재의 빛에 의지해 어떤 과거를 선택할 것인가. 그렇게 시사(詩史)는 되돌아보며 전진한다.

이 일들을 문학동네는 이미 한 적이 있다. 1996년 11월 황동규, 마종기, 강은교의 청년기 시집들을 복간하며 '포에지 2000' 시리즈가 시작됐다. "생이 덧없고 힘겨울 때 이따금 가슴으로 암송했던 시를, 이미 절판되어 오래된 명성으로만 만날 수 있었던 시를, 동시대를 대표하는 시인들의 젊은 날의 아름다운 연가(戀歌)가 여기 되살아납니다." 당시로서는 드물고 귀했던 그 일을 우리는 이제 다시 시작해보려 한다.

연애의 책

문학동네포에지 057

유진목 시집

연애의
책

시인의 말

당신이 죽고 난 뒤로
얼마간 시간이 흘렀다

거기에는 당신의 물건들이 놓여 있다

어떤 것은 나대로 사용할 것이고
어떤 것은 그대로 있을 것이다

어떤 것은 끝내 찾지 못해서
방에 앉아 울었다

내가 죽고 난 뒤로
방은 완전히 비어 있다

이 책은 돌아와 마저 쓰인 것이다

2016년 5월
유진목

개정판 시인의 말

내가 자는 동안에 눈이 내렸다.
깨어났을 때 눈은 녹고 없었다.

온 세상 사람이 그 눈은 정말 대단했다고 말했다.

그래요?

세상에 그런 눈은 처음 봤다니까요.

나는 눈물을 참으며 하늘을 올려다보았다.

2022년 10월
유진목

차례

©손문상

신체의 방

아침에 일어나 아침을 보았다

한 사람이 가고 여기 움푹 파인 베개가 있다

당신은 나를 사랑하게 될 거요

그러나 여기 한 사람이 오고 반듯한 베개가 있다

저녁에는 일어나 저녁을 보았다

나는 당신을 죽일 거예요

아침에 일어나니 아무도 없었다

금방 또 저녁이 오고 있었다

잠복

그 방에 오래 있다 왔다 거기서 목침을 베고 누운 남자의 등을 바라보았다 그는 우는 것 같았고 그저 숨을 쉬는 건지도 몰랐다

부엌에 나가 금방 무친 나물과 함께 상을 들이고 싶은 마음이 있었다 그 방에 있자니 오래된 아내처럼 굴고 싶어진 것이다 일으켜 밥을 먹이고 상을 물리고 나란히 누워 각자 먼 곳으로 갔다가 같은 이부자리에서 깨어나는 일

비가 온다 여보

당신도 이제 늙을 텐데 아직도 이렇게나 등이 아름답네요

검고 습한 두 개의 겨드랑이

이건 당신의 뼈

그리고 이건 당신의 고환

기록할 것이 많았던 연필처럼

여기는 매끄럽고 뭉툭한 끝

어떻게 적을까요

이불 한 채
방 한 칸

갓 지은 창문에 김이 서리도록 사랑하는 일을

낮잠

아파트 주차장에서 만나
비가 그친 상가 길을 걸었다

들인 것을 다시 내고 있는 행상들 틈에서
비가 완전히 그친 걸까
당신은 하늘을 올려다본다

식당이란 식당은 모조리 지나친 것 같은데
그래도 입맛이란 지치질 않고

한참을 기다려 매운 생선 요리를 먹는 일
땀을 뻘뻘 흘리고
여기 물 좀 더 주세요 하고

당신은 테니스 가방에서 손수건을 꺼냈다
우리는 생선의 뼈를 바르는 데 서툰 사람들

그런데 테니스를 칠 줄 알았어요?

이제 그만 풀어요 해도
당신은 좀처럼 나에게 올 줄 모른다
그래요 정말 화가 날 일이야
나는 생선을 뒤집어서 한입 크기로 떼어낸다
나라면 더했을 텐데 대단해 당신

줄지 않는 밥 위에 생선살을 올려주고

이럴 때 당신은 꼭 내가 낳은 적이 있는 것 같다

신발을 찾아서 신는 동안에
문간에 서서 당신은 담배를 피우는
맵고 개운한 날
주머니를 뒤지다 말고
내 것을 언제 가져간 거예요
괜히 손차양을 하고서
당신에게 몇 걸음 다가간다

한 걸음
한 걸음 반

두 걸음
두 걸음 반

세 걸음
세 걸음 반

소설

지난번에도 그러더니
당신은 양동이에 물 찬 생선을 담아왔다

죽은 생선을 뭐하러 이러나 몰라

당신은 조끼를 벗으며 주머니를 꿰매야 한다고 말한다

물비린내가 가시질 않는단 말야
당신은 먹기만 하면 그만이지만

듣는지 마는지 당신은 아가미처럼 터진 주머니를 살피고
나는 비늘처럼 흩기며 생선을 뒤적인다

무슨 소설에 보니까 애들이 모여서 남의 집 밥솥에 닭죽을 끓여 먹는데
그것도 얼마나 냄새가 배는지 모르고들 그러지

다음엔 우리도 육고기를 좀 먹어요

나는 안다

당신은 생선을 좋아하고
이 집에서 아무것도 죽이고 싶지 않다는 것을

미끌거리는 배꼽을 손가락으로 굴리면서
나는 도마에 올려둔 생선의 요리법을 생각한다

다음 생에는 여자로 와요
당신도 이걸 다 겪어봐야 알지

나는 다시 안 올 거야

당신이 얼마나 좋은지 당신은 모른다

뒷문이 있는 집

당신은 매번 뒷문으로 들어온다

그럴 때마다 나는 부엌에서 거실로 나오고

어떻게 들어온 거냐고 물어보면
대답은 늘 열려 있어서다

당신의 말투는 손에 들린 신문처럼
오른쪽에서 왼쪽으로 무심히 넘어간다

신문 너머로 감춰지지 않는
모르고 싶어도 알게 되는

오랫동안 아무것도 먹지 않은 얼굴로 당신은

셔츠랑 속옷은 금방 마를 테니까
자고 난 뒤에는 거두어 입을 수 있게

나는 손의 물기를 닦으며 시계를 본다

뭘 좀 같이 들어요 막 차리려던 참인데

당신은 알고 있다
알면서 나도 뒷문을 걸고 부엌으로 간다

그러면 당신은 잠시 얼굴을 보려고 온 거야
이리 와서 좀 앉지 하고

어깨 너머로 동백이 저문다
흰 개가 동백을 깨물고 놀다 잠이 들었다

보세요 이제 다 잘될 거예요 당신은

유심히 그것을 보는 사이
천천히 일어서기 시작한다

밖에는 사람들이 웃고 있다

당신은 울다가
속옷을 벗다가

선 채로 당신의 것을 내려다보았다

당신은 고집이 있고
언제나 조금씩은 더 머물러 있었다

울지 말아요
이제 그만 들어와요

마치 창문 밖에도 당신이 서 있는 것 같았다
일그러진 얼굴마저 당신이 지은 것 같았다

그들이 내게 미안하다고 말했으면 좋겠어

밖에는 사람들이 웃고 있었다
밖에는 사람들이 웃고 있었다

나는 일어나 창문으로 갔다

접몽

빈방에서 사랑을 했는데
당신은 어느덧 살림이 되고

나는 봉지처럼 느슨하게 묶여서
서랍에 들어 있길 좋아한다

움켜쥔 창틀 쪽에서
매일 밤 돌아오지 않는 꿈을 꾼다

나는 당신이 돌아오지 않는 것보다
그게 더 슬펐다

배꼽에 흐르던 당신의 일들

내게서 당신이 가장 멀리 흐를 때
나는 오래 덮은 이불 냄새

우리는 닫힌 채로 집을 나왔다

에밀 졸라

계속 트랑스를 겪으며 사느니 차라리 몰래 떠나고 싶어

동산

우리는 비가 왔다
우리는 구름인가

그러나 우리는 기억이 없었다
갑자기 왔다

우리는 서로를 만져보았다
냄새가 났다

알 것 같았다

우리는 젖었고
점점 거세졌다

언덕 위에는 아무도 없었다
거기서 잠시 멈추었다

멀리 이동하는 짐승들의 무리가 보였다
어디로 가는지는 몰랐다

우리는 둘이 되어 손을 잡고 내려왔다

호텔 니케로

남자는 기다렸다 흩어진 몸이 돌아와 뼈에 붙기를

방안은 열기로 가득하고 빛과 어둠이 만나 서로를 만드는 중이었다 남자는 구석으로 물러나 삐걱이는 의자에 어둑히 내려앉았다 목전에 혼자인 것처럼 남자는 텅 빈 침대를 바라보고 있다

그걸 아는 사람은 지금 우리 말고는 없다

남자는 기다리면서 그사이 몰라보게 내려앉은 척추를 바로 세우고 굴곡진 갈비뼈의 숫자를 세었다 이제 와 무엇으로 빈틈을 채워야 할지 이대로 달아난 몸을 버릴 수 있을지 남자는 동그란 무릎뼈를 짚고 앉아서 더이상 울지 않는 자신에 대해 생각했다 그리고 밤사이 강직했던 허벅지의 근육이 어떻게 움직였는지를 떠올렸다 너는 이 세상에 맞지 않는 사람이다 길은 점점 좁아진다 햇빛은 멀지만 기억이 난다 햇빛은 멀지만 사랑은 반드시 기억이 난다

아무리 달려도 제자리인 몸에서 빠져나온 것은 그때였다 가야 한다 그것은 처음 듣는 목소리였다 애초에 어둠이 있었고

아침 직전의 빛이 창문에 다다랐다 남자는 거기서 울

창한 커튼의 무늬가 새롭게 태어나는 걸 보았다

동지

우리 이제 뭐할까
한번 더 할까

그래
그러자

너는 아랫목에 놓인 홍시 같아
너는 윗목에 놓인 요강 같아

너는 빨개지고
너는 차오르고

우리는 이제 무엇이 될까

그사이 마당은 희어지고

너를 버릴 때도 이렇게 뜨거우면
너가 그대로 다른 땅에 스미면

아직은 깊은 밤에 혼자 나와

너를 안고 둥글게 울었다

그믐

남편은 집으로 돌아가는 길에 모과를 주워 자신의 가방에 넣었다 아내는 몸을 씻고 일찍 이부자리에 누웠다

밤에 모과 한 알이 부엌에 놓여 있다

나는 모과를 훔치려고 더 어두워졌다

수화

아빠한테 전화가 왔는데 산삼이 있다며 집에 와 먹고 가래 어디서 났냐니까 그런 건 묻지 말고 언제 올 거냐고 나도 할말이 없으니까 그런 거지 어디서 났는지 알 게 뭐야

사진을 보면 정말 잘생겼어 엄마랑 한 이불 덮고 웃었겠지 누구에게나 좋은 날들이 있잖아

그래도 애를 놓고 가는 건 이상하다 내가 눈감고 지금 간다고 생각하면 많은 것을 알게 되거든 내가 왜 그 사람이 되는지 몰라도 남의 인생을 사는 건 너무 무서운 일이야 그래놓고 산삼이 있다고 먹으러 오래 난 싫다고 했어 근데 금방 당신 생각이 나더라고 나는 안 먹어도 당신 주면 좋은데

한사코 먹고 가라는 걸 들고는 왔는데 이걸 어떻게 먹는 건지 모르겠네 당신이 오면 알아서 해 난 몰라

날씨 얘기나 좀 하고 고기 볶은 거 더 먹으라고 자꾸 그래서 먹을 만큼 먹었다고 싸우고 텔레비전 봤어

근데 있잖아 꿈을 꿨는데 당신이 긴 손가락을 접었다 피었다 오므리고 하면서 한참 무슨 얘기를 하는 거 같은 거야 나는 하나도 모르겠는데 당신은 계속 웃기만 하고

뭐라고 한 거야 당신?

사이렌의 여름

당신은 곧 열두시가 된다

차가운 보리차를 마시고
사과를 한입 베어 물었다

선풍기의 회전 버튼을 누르자

삐걱인다
열두시를 지나며

정오에서 자정으로 바람이 분다

사과를 깨물면 딸이라는데

아침에 일찍 일어나
맑은 물에 그릇을 부셨다

나는 곧 열두시가 된다

보리차를 끓이고
미역을 불렸다

오이는 싱싱하다

아이의 이름을 생각하고
양치를 하고
쪼그려앉아 밑을 닦았다

천장이 무너진다

그런 뒤에도 시계는 조금 더 갔다

밝은 미래

그때 나는 죽음이 두려웠습니다 사람들은 마치 영원히 살아갈 것처럼 행동했습니다 죽음을 생각하는 사람은 자신을 고립시킬 수밖에 없었습니다 죽고 싶다 생각하며 죽지 않는 날들이 이어졌습니다 한편에서는 지금은 상상할 수조차 없는 방식으로 삶을 끝내야 했습니다

이제 우리는 죽음을 선택합니다 계속해서 살아갈 것인지를 선택할 수 있게 된 것입니다 그사이 나는 노인이 되었습니다 죽음을 선택하지 않은 노인이 되었지요 나도 한때는 살갗에 이렇게 많은 주름을 가지고 있지 않았었는데 말입니다

불행한 사람에게 어떻게든 계속해서 살아가야 한다고 말하는 것은 금지되어 있습니다 우리 사회는 그것을 엄중히 처벌합니다 당신은 혼자가 아닙니다 같은 것 말입니다 혼자 힘으로는 살아갈 수 없으니까 그런 말을 공연히 내뱉은 겁니다 사회가 개인을 책임지지 않는다는 자각을 하기 시작한 것도 수많은 죽음이 있었기 때문입니다 우리는 죽음에 빚을 지고 살고 있습니다

젊은 시절에 나는 다니카와 슌타로를 즐겨 읽었습니다 어느 책에선가 그는 노인들은 이제 인생을 묻지 않는다고 했어요 다만 거기 있는 것으로 인생에 답하고 있다고요 노인의 입장에서 나는 그런 태도가 아주 멋지다고 생

각합니다 그 시절로 돌아가 생각해보면 다만 내가 있다는 것이 기적처럼 느껴집니다 가끔씩 그의 말을 빌려 되묻곤 합니다 여기에 조금 더 머물러 있어도 되겠습니까

나는 일생을 다해 중요한 사람이 되고 싶었습니다 그것만큼 어려운 일이 또 없을 겁니다 무엇이 나를 중요하게 여긴단 말입니까 언제든 죽을 수 있기 때문에 마음은 편안합니다 행복한 순간이 오면 죽고 싶습니다 그럭저럭 아직까지 살아 있는 것도 보면 우유부단해서일까요 이건 어디까지나 나의 경우입니다

망종

그날은 아홉시가 조금 넘어 잠자리에 들었습니다 며칠 잠을 못 잔 탓에 앉아만 있는데도 머리가 어지러웠습니다 가끔씩 내가 다른 사람이 꾸는 꿈처럼 느껴질 때가 있습니다 그렇다면 밥을 먹다가 갑자기 사라져버릴지도 모릅니다

이대로 사라져도 괜찮은 걸까 생각을 해보다 곧 잊어버렸습니다

아침에 일찍 일어났는데 이가 몹시 아팠습니다 양치를 하다 문득 어머니도 이가 약했던 걸 떠올렸습니다 어머니는 내가 뱃속에 있을 때 풍치를 앓았다고 했습니다 그 좋아하는 귤을 먹는 것도 힘들었다면서요 어떻게 어머니가 사랑에 빠졌고 어느 밤중에 몸을 섞었는지 알지 못합니다

처음에 나는 귤보다 작았을 겁니다

하루는 시장을 보고 오는 길에 처음 보는 청년이 다가오더니 어머니 제가 태어나기 전까지는 이런 거 혼자 들고 다니시면 안 돼요 하며 봉지를 들려고 하더랍니다 이상하기도 하고 무섭기도 해서 빼앗기지 않으려다 그만 귤이 죄다 쏟아졌다고요

어머니는 귤을 쫓아 언덕을 끝도 없이 내려갔다고 합니다

만삭의 배는 점점 더 부풀어오르고 아이가 세상에 나올 날이 가까이 다가오고 있었습니다 그날은 아홉시를 넘겨 잠이 들었고 얼마가 지났는지 누군가 거칠게 문을 두드리는 소리가 났습니다 잠결에 어렴풋이 일어날 수 없는 일이 일어나려 하고 있다고 생각했습니다

누구세요

어머니는 무서웠다고 했습니다 짧고 날카로운 통증이 어금니를 깨물고 지나갔습니다

누구세요

그리고 다시 문을 두드리는 소리가 납니다 나는 한 걸음 뒤로 물러났습니다 당신이 막 잠에서 깨어나려고 하네요

울음의 순서

아침까지만 해도 나는 본 적 없는 여자의 몸속에 있었다 몇 차례 진통이 있은 뒤에 만삭의 여자는 산부인과로 갔다 찬바람을 쐬어도 이마에 맺힌 땀이 식지 않았다 불어난 몸을 지탱하느라 난간을 붙잡고 천천히 계단을 올라갔다 층계참에 서서 남은 계단의 숫자를 세어보았다 다시 계단을 내려올 때는 아이와 함께라는 것을 생각했다

신기한 일이다 어느 날 몸속에 아이가 생기더니 이제는 몸 밖으로 나오려는 것이다 여자는 비명을 지르고 눈물을 흘리고 아랫도리가 찢어지도록 힘을 주었다

창밖에는 공중에 매달린 사내가 뒤엉킨 가로수의 가지를 베고 있다 일순 날카로운 빛이 쏟아진다 기억에 없지만 나는 울었을 것이다 나를 울게 하는 일을 생각한다 계단을 내려온 여자는 자신의 옷자락을 세게 움켜쥔 아이를 품에 안고 한참을 서 있었다

반송

엄마는 나를 키우는 일에 미숙한 여자였습니다

어디선가 이 글을 읽는다면 혼자서 눈물을 쏟을지도 모르겠습니다

나의 엄마는 엄마로부터 버림받았습니다 대천의 유지였던 최진동의 네번째 정부는 모든 일이 잘못되자 그의 부인 강청문 여사가 살고 있는 본가로 찾아가 일곱 살 난 아이를 두고 가버렸습니다 그날 흙먼지가 날리는 툇마루에 앉아서 희부옇게 사라지는 엄마를 보았습니다 엄마는 돌아오지 않을 거라는 걸 알았다고 합니다

내가 어렸을 적에 엄마는 그 이야기를 자주 들려주었습니다 사진첩을 넘기다가도 이게 바로 그 툇마루야 하면서 말입니다 나는 엄마가 집을 나설 때마다 사진 속의 잘 닦인 툇마루를 떠올리곤 했습니다

엄마는 어떻게든 다시 서울로 가고 싶었습니다 엄마를 찾을 심중이었는지는 나도 모르겠습니다 고등학교를 졸업할 때까지 잠자코 기다렸다가 지금은 이름을 잊어버린 종로의 한 중견 상사에 비서로 취직했습니다 친구들로부터 부러움 섞인 엽서도 많이 받았습니다 그중에 서울에서의 취직 자리를 간곡히 청하는 편지도 있었지만 일이 잘되지는 않았다고 합니다 엄마는 결재 서류나 계약서

따위가 든 봉투를 들고 광화문의 거래처로 외근을 나가곤 했습니다 난 그 시절의 모습이 담긴 사진도 보았습니다 사진 속의 엄마는 세련된 차림을 하고 있습니다 월급에 과분한 옷을 사들이는 일에도 주저하지 않았다고 합니다 얼마 뒤 자신이 들고 간 서류에 서명을 하던 남자와 살림을 차리고 나를 낳았습니다 유복한 생활이 엄마를 안심시켰고 모든 일이 잘되리라는 믿음이 있었습니다

그러나 엄마는 나를 키우는 일에 미숙한 여자였습니다 아빠는 모든 일이 잘못되자 종적을 감추었습니다 나는 잠자코 기다리지 못하고 고등학교를 졸업하기 전에 집을 나와버렸습니다

그 시절 이야기는 하지 않으려고 합니다 어릴 때는 사소한 일에도 많이 노여웠는데 이제는 그렇지 않습니다 언제는 살아가는 일이 싫다가도 또 언제는 살아봐서 좋았다고 생각합니다 그러면 마치 내가 죽은 사람 같아서 웃음이 납니다 아침이면 밥을 지어놓고 마루에 앉아 창문을 보는 일이 가장 좋습니다 함께 사는 사람은 내가 지은 밥을 맛있게 먹습니다 모든 일이 잘되리라는 믿음은 없습니다 다만 계속해서 살아가보려고 합니다

엄마는 내가 제일 처음 떠나온 주소입니다

나는 잘 지내고 있습니다

미경에게

햇빛이 거미줄처럼 하얗게 투시되고 마당에서는 새로운 생명의 전주곡이 울려퍼지고 있어 또다시 맞는 새로운 하루가 달아날 기미를 보이는 이 아침 미경도 생기 넘치는 아침을 맞이하겠지

대천에 있는지 서울에 있는지 종잡을 수가 없어서 편지도 못하고 연락이 오기만을 기다리고 있었단다 27일에 우리집으로 오렴 정인이랑 정희는 일요일엔 항상 만나고 있어 그날 덕수궁 미전을 관람하기로 했단다 어떻게 될지 모르니 일찍 오도록 해 늦게 오면 내가 벌써 나가고 없을지도 모르잖아

너는 그동안 아름다워졌겠지 혼자 자취를 하게 되면 쓸쓸할 텐데

서울에 얼마 동안이나 있었는지 모르지만 소식 하나 없었다는 것은 너무한 것 같다 여자들은 졸업을 하면 변한다고들 하지만 우리만은 변하지 말아야지 너한테 궁금한 일들이 너무나 많아

정인이는 피어리스 미용사원이란다 정희는 소프라노 김정경씨 비서로 있는데 좋은 곳에 되어서 정말 잘되었어 나는 너무나 챙피한 곳이란다 편지에 쓰기에는 좀 그래 만나서 조용히 이야기해줄게 이번 기회에 너가 취직

자리를 좀 알아봐주면 좋겠어

나는 인생에 회의를 느끼고 있단다 언제나 삶에 보람을 갖고 살게 되려는지 모르겠어 죽지 못해 살고 있으니깐

이러다가 또 추접을 떨겠구나 여기서 그만해야지 빨리 시간이 흘렀으면 좋겠다 일요일에 꼭 와야 한다

(1977년 3월 23일)

리의 세계

언니야 듣고 있나

그만 자야지

얼마 전에 내가 교회에 갔었그든 근데 거기 목사님이 좀 희한하데 하나님한테 좋은 거 달라고 기도하지 말라드라

그럼 뭐 한다고 교회를 가는데

예수님이 첨에 태어나가지고 마굿간에 있었잖아 고난이 있어도 군말 안 하고 최선을 다해 살았다대 하나님한테 좋은 거 달라고 한 적 없대

그 사람은 빵 하나 가지고 먹을 거 계속 만들고 그러지 않았니 나도 그런 능력 있으면 좋겠다 우리 같은 사람들이 계속해서 태어나는 것이 지옥이 아니고 뭐겠니 우리 사는 거에 대면 택도 없다

그치 택도 없지

그럼 대체 무슨 기도를 하라니

죄를 사하여달라고

무슨 죄를 말이니

몰라

지금부터 내가 하는 말 잘 듣거라 너는 그 집에서 당장 나오라 맞기 시작하면 너가 죽어야지 끝난다

죽으면 다 끝나면 좋겠는데 그다음에도 자꾸 뭐가 있다고 그런다 언니야

미선나무

미선나무 기슭에서 나는 벌거벗은 채로 발견되었다

겨울이었고
차라리 땅에 묻히기를 바랐다

이걸 알면 슬퍼할 사람을 떠올렸다

맨 처음 너가 울었다

그러면 너를 안고 이렇게 말할 것이다
살아 있어서 많이 힘들지

너는 더 크게 울고

지금은 미선나무를 헤치고 바람이 분다

해가 지고 멀리 불빛이 보인다

가보면 사람들이 문을 닫고 내 얘기를 하고 있었다
무섭다고 그랬다

그런데 사실은 그럴 줄 알았다고도 했다
예감이란 게 있었다고

그들은 틀린 적이 별로 없다고 한다

나는 죽어서도 사람이 싫었다

벚꽃 여관

여기가 어디니?
나는 너를 사랑하고 있구나 지병처럼
봄날 꽃 다 지고 떠도는 기침처럼
내려앉을 자리도 없이
온통 짓무른 꽃잎투성이구나
한 잎 환하게 또 한 잎 썩어가고 있구나
어두운 구석에 서서 너는 오줌을 누고
허술한 담장에 기대어 몰래 듣는 꽃잎들
흠뻑 두들겨맞는 소리
단단히 일어서는 꽃망울이 맨 처음
조그만 입을 벌렸을 때
나는 잔뜩 오므린 채로 아주 꽉
바람은 쉬이 쉬이 하고
백발처럼 늙어버린 벚꽃나무
후두둑 꽃 버리고 온몸을 터는
아름답지?
너는 성큼 걸어나오고
불 켠 기억처럼 사방에 진동하는 향
어지러워
쉬었다 갈까
어쩌다 이렇게 많은 꽃을 터뜨렸을까
부끄러울 사이도 없이
발기발기 흩어지는 분홍의
근데 너는 누구니?

무더기로 쏟아지는 꽃잎
까르르 웃는 봄날처럼

교대

하마터면 정거장을 지나칠 사람이 깜빡 잠에서 깨어날 확률 잃어버린 지갑의 숫자 내일은 아침부터 구름이 많겠고 거센 바람이 불겠습니다 잠결에 지나친 도시와 날씨의 대응 내일은 할일이 있었고 약속이 있었고 시외버스터미널에서 배차 간격을 보느라 담배를 피움 막차를 놓친 횟수와 방금 끼어들어 택시를 잡아 탄 새끼를 증오함

내일은 지나치게 들떠 있었고 아침부터 구름은 가만히 있질 못했다 한참을 그러더니 한쪽은 파랗게 질려서 또 한쪽은 불쾌한 얼굴을 하고 초저녁 불 켜진 빌딩들 사이로 약속이나 한 듯 몰려들었고 잠자코 서서 바람을 맞은 사람이 인상을 찌푸리며

손목시계를 가득 메운 구름 가만 보면 시침은 가만히 있고 움직이는 것은 구름 계속해서 부는 바람과 구름이 구름을 감추었고 그사이 다른 구름이 고개를 돌렸고 은밀히 모습을 바꾸는 구름도 흔적이라는 것도 다시는 찾을 수 없게 하지만 내일은 구름이 많은 날씨 바람이 불었고 참을 수 없다는 듯이 불어댔고

아니라고 말했다 아니라고 이렇게 가볍게 떠나가느니 전혀 다른 구름이 되느니 이제 막 생겨난 바람도 되도록 많은 구름을 데려가는 것 어디로 미래로 전혀 다른 시제로

재빨리 고개를 내저으며 하마터면 돌아오지 못했을 거란 생각 브레이크를 밟을 때 멈추지 않는 것을 떠올리고 백미러의 각도를 바꿈 지나치게 먼 정거장의 거리 내 것일 수도 있었던 부고들 시외버스 터미널에서 배차 간격을 두느라 담배를 피움 내일은 약속이 있었고 버스에는 자리가 없었다

식물의 방

화분을 키우고 소리 내어 점을 친다 그리하여 당신이 모르는 일을 알게 된다 죽지 않는 법을 익히고 항상 그래 왔다 믿는다 맨 처음 식물이 죽던 날 이유를 몰랐다 왜 죽었을까 나 때문일까 죽어가는 식물에게 물을 주고 남은 목을 축이는 일 모자란 햇빛이 그늘을 넓히는 일 밤에는 화분을 옮기고 커튼을 친다 누군가 구둣발로 오줌을 누었다 창문을 두드리는 오줌 줄기 어떤 노래를 들으면 지린내가 나는 일 귀를 막고 숨을 참는 일 죽는다 안 죽는다 산다 못 산다 병든 잎을 떼어내면서 낮에는 화분을 들고 산책을 한다 맑고 따뜻한 날씨의 감정을 간직하려고 보드라운 구름의 생각을 따르면서 그러다보면 그늘에서 쉬어가는 일도 그중에 좋아하는 그늘이 생기는 일도 조금 더 자라면 분갈이를 해줄게 봐둔 게 있어 그리고 나도 집을 옮기게 되겠지 발코니가 있었으면 좋겠다 죽은 화분을 버리고 돌아오던 날 바로 거기서부터다 나는 당신이 모르는 일을 많이 했다

혼자 있기 싫어서 잤다

집에 일찍 들어와 소주를 마시고 잤다 그런 날은 철봉에 거꾸로 매달린 꿈을 꾼다 흔들흔들 해가 지는 저녁이다 바람이 불고 흙먼지가 인다 아이들이 집으로 돌아가고 있다

혼자서 잘 있어야 한다고 일기에 적었다 남은 소주를 마시고 일찍 잤다 어쩌다 잘못 깨어나면 밖으로 나가 한참만에 돌아왔다 내일은 다른 집에 있는 꿈을 꾸었다

집에 누군가 있는 것 같았다

나인 것 같았다

아침에

만두를 먹었다 나는 아침에 만두를 먹는 걸로 몇 차례 핀잔을 들었다 어떤 사람들은 아침에 만두를 먹지 않는다

나의 꿈은 아직은 죽고 싶지 않아요 하고 말하게 되는 것이다

나는 만두가 식기 전에 마저 먹었다

매장

한 사람이 죽었다

은근히 죽기를 바랐던
저절로 죽기를 바랐던

누군가 거짓으로 울고 있다

나는 아니다

칼을 버린 자는 반드시 들킬 것이니

죽이기 전에는
죽어가는 표정을 지어 보였다

그런 다음 곧장 아무도 없는 길로 갔다
사람으로부터 멀어지는 편이 좋았다

지금은 지나갈 일이라 생각하면서
시간을 보내고 있다

어쩌다 내가 돌아가게 된다면 하고
내가 있던 곳을 떠올리게 된다

죽은 사람 말고는 어떻게 됐는지 모르겠다

질문이 많은 자는 살인을 할 수 없으니
그게 내가 알고 있는 사실이다

자목련 이후

자목련 아래를 지나다 그를 본 뒤로 자주 그 생각을 했다 생각하면 그는 꽃잎이 뚝뚝 떨어지는 자목련 아래 서 있었지만 계속해서 그를 거기에 세워둘 수는 없는 노릇이었다 이불 속에서 한참을 뒤척이다 나는 자목련 아래에서 그를 걸어나오게 했다 그러자 그는 선듯선듯 자목련 잎을 밟으며 꽃그늘 아래를 빠져나왔다 자목련 이후로 그는 혼자서 밥을 먹기도 하고 잠을 자기도 하고 가끔씩 버스를 타고 한참을 달렸다 어느 날 그는 내가 모르는 여자와 섹스를 했다 여자는 아름다웠고 그는 망설임 끝에 사정했다 날이 저물고 있었다 어느 날은 잠결에 비명을 질렀다 나는 덩달아 깨어나 흠뻑 젖은 베개를 뒤집었다 아침이었다 나는 거울 속에 있었지만 그는 모르고 있었다 그저 바쁘게 움직였다 잠시만이라도 가만히 있었으면 자세히 얼굴을 볼 수 있게 한번은 그의 면도날을 살짝 비틀었다 상처는 금방 아물었다 그는 그런 일이 많은 것 같았다 꽃잎은 져서 더럽기만 하고 그는 다시 자목련 아래로 돌아가지 않았다

뒤에

달아나는 사람 그뒤에 남는 사람 그전에 일그러진 얼굴로 도착하는 사람 가지마 하고 곧이어 우는 사람 울지마 하고 말할 사람은 이미 가버린 사람 있잖아 하고 미사여구도 못 가지는 사람 왜 하필 막다른 골목에서 골몰하는 사람 기어이 그림자를 일으켜 벽에 세우는 사람 어째서 하고 머리와 머리를 맞대는 사람 하물며 그림자가 번지는 걸 보는 사람 아무리 닦아도 지워지지 않고 마르고 닳도록 닦을 게 생겨나는 사람 자꾸만 무르고 덧없이 짓무르는 사람 멀어졌다 가깝다 거리에는 차도가 없고 그리하여 아무데로나 건너고 보는 사람 돌아보면 돌아갈 곳이 없는 그전에 떠난 사람이 모르는 그뒤에 사람

동정

있어봐 오늘만큼은 몰랐다는 듯이 어제는 너와 헤어지고 한참을 걸었다 그제는 이별조차 그리워질 테니까 너하고 나하고 나빴던 일은 셈하지 말자 어차피 다 틀릴 거야 너도 나도 돌아서서 걷기 시작할 때도 하필이면 둘을 합친 것처럼 팽팽했으니까 그날도 그다음 날도 뜨겁다는 말의 냄새 캄캄한 감촉의 아래에서 있어봐 불을 끄고야 아침인 걸 알았을 때도 내가 모르는 걸 너는 알 수도 있겠다 나도 몸속에 있고 싶었고 처음 만났을 때도 너는 내게 꾳혔어 나는 자신 있게 말했지만 이제는 다 지나간 일이야 어제는 헤어지고 그제는 다시 만날 것을 꿈꾸면서 오늘은 할 게 없다 잘 알지도 못하면서 태어나자마자 울어치운 기분 한참을 도망치다 너가 나인 걸 알았을 때도 지겨워 뭐가 원래 거긴 얼굴이 없대 희망 같은 거라나 뭐라나 날마다 어제 헤어진 얼굴을 하고서 내일은 퉁퉁 부은 얼굴로 첫차를 탔다

너라고 말하면 된다

너는 자신을 나라고 말한다

누구나 그렇게 한다

나 자신이 되어라
역시 누구나 한번쯤 들어본 말

너는 그래서 나는 하고 말한다

가슴에 손을 얹은 너는

나는 말이야
진짜 내가 되기로 했어
지금까지 나는 내가 아니야

내가 내가 아닌 기분
너도 조금은 알 거야

이런 건 어느 날 갑자기 온다
오고 나서야 알게 되는 그런 건데

너는 지금부터 진짜 내가 되기로 하고
말은 점점 길어진다

다는 모르지만 그러길 바랄게

나는 그리고 너를 본다

왜냐하면 너는 너무 작으니까

그 순간 작은 것은 모두 너를 가리킨다

병을 옮기려면 가까워야 하듯이 그렇게

너라고 말하면 된다

지상의 피크닉

나무 아래 피크닉 돗자리를 펼쳤을 때는
해가 조금 기운 뒤였다
그 모자는 좀 벗지
당신은 나의 피크닉 모자를 싫어했다
나는 그게 싫었다
당신이 돗자리에 누워 피크닉 모자로 얼굴을 가렸을 때
바람이 모자를 날려버렸다
나는 피크닉에 걸맞은 자세로 앉아 유유히 머리를 빗고
당신은 잎사귀에 대고 무슨 말인가를 속삭인다
머리칼에 베인 햇빛이 마음을 얇게 저미는 오후
대체 왜 그러는 건데
당신은 혹시 다른 피크닉을 꿈꾸고 있나
나는 여기 내버려두고
혼자서 혹은 둘이서 혹은 여럿이
지상의 피크닉은 계속된다
아직 적당한 나무를 찾아 서성이는 사람도 있다
저기 저 사람은 바쁜 듯 지나가지만
집에 가면 혼자 울걸
나는 짜릿했다
당신은 자꾸만 잎사귀에 대고 무슨 말인가를 속삭인다
나무는 글씨처럼 가늘게 가지를 가꾸고 그 아래
당신과 내가 있다
그림자는 수시로 필적을 바꾸었다
나는 풍경조차도 읽고 싶어하지만

아주 확실한 문장을 원한다
나무가 당신에겐 뭐라고 했지?
당신이 웃는다
사람들이 하나둘 피크닉 돗자리를 접기 시작한다

오늘의 날씨

풍경에 대해 생각하면 너는 곧장 생겨난다 풍경이라면 응당 너를 포함해야 한다는 듯이 유독 너에 대해서라면 고개를 끄덕일 마음이 되어 풍경으로부터 눈을 떼지 않는다 너라면 이유가 있겠지 너는 비가 되는 구름과 눈이 되는 구름을 구별했다 너는 해안의 파고를 응시하는 태풍의 눈을 지녔다 모두가 지긋지긋한 장마의 끝을 점칠 때도 너는 지긋이 고개를 저었다 그럴 때 너는 꼭 뒤집힌 우산 같아 처음부터 나를 발칵 사로잡았지 오늘도 너가 아니면 아무 소용없는 풍경이 거대한 소용돌이를 예감한 뒤에 한 점 바람이 일고 창문이 있어 안과 밖을 직감하고 나는 참을 수 없는 지문을 남기고 밖에서는 전혀 다른 국면으로 읽히는 기이한 등압선 유리창을 사이에 두고 나는 드물게 화창하였고 너는 흐린 표정으로 자꾸만 흘러내렸다 어제는 하필 오늘은 단 하나의 날씨를 기다린다

나의 아름다운 세탁소

몇 해 전인가 그는 푸른 외투를 들고 찾아왔다
먼저 다녀간 사람들의 옷가지로 천장이 낮은 겨울이었고
다리미가 뜨거운 입김을 불어
오래된 구김을 펴듯 하품을 하던, 생각난다 그해 겨울
산18번지 골목의 입구로도 간간이 들이치던 눈발 몇 점과
늦도록 불빛을 잊지 않고 먼 데까지 손을 흔들던
아직 바깥에 서 있는 그가 투명한 문을 열었을 때
처음 보는 저녁이 쏟아져들어와 한 걸음 무심코 물러섰던 일
그날 나의 세탁소는 수위 높은 저녁에 잠겨 자취를 감추었다
외투를 잃어버린 사람들은 저마다 불만이 많았을 것이고
한사코 돌려받기 위해 주위를 맴도는 사람도 있었을 것인데
누구도 저녁 너머 무엇이 있는지 알지 못해 발을 구르는
그러는 동안에도 세상에는 몇 번의 겨울이 오고 갔는지
훗날 우리가 걸었을 출구 많은 여느 골목들처럼
굳이 나의 아름다운 세탁소가 아니더라도
외투의 빛이 바랜 만큼 그에게는 봄볕이 들었을 것이다

푸른 모서리

새벽을 기다리다
늦도록 지루해진 골목길에는
잠시 텅 빈 틈을 타고 담벼락이 눕기도 하네
나는 닳고 닳은 골목길
자꾸만 떠나려는 너를
아귀가 맞지 않아 삐근한 쪽문을 열고
놓아주네 휘어질 듯 졸던 담벼락이
문소리에 놀라 한번 크게 소스라치고
깨어나네 일제히
기립하여 네가 가는 길을 가만히
열어주네 내 흐린 시선이
가닿을 수 없는 골목의 저편
모퉁이를 돌다 말고 가던 길 돌아보던 네가
길 지우는 저녁마다 푸른 영혼으로 꺾어진
담벼락에 스미네

부재중 통화

저어 잠시만요 끊지 마세요 오래 붙들지 않겠습니다 나도 가야지요 삶이 갑자기 늙어버렸다고 생각한 건 비단 오늘 일만은 아니구요 버스를 타면 고가도로를 달리는 게 좋았어요 차창에 햇빛이 참 예뻤는데요 아무래도 가질 수가 없는 거예요 내가 열면 누군가 닫는 것처럼 우리는 정답게 나누어 마신 병 그러고도 남아서 두고 보는 병 어쩌다 그렇게 독한 병을 서로에게 기울였는지 병을 마시고 병에 취하고 상한 속 붙들고 키들거리면서 예 한 시절 한없이 즐거웠지요 다른 건 모르겠습니다 그런 말은 피차 하지 말지요 하 수상한 게 생각이라 없는 게 약이라구요 그래도 삶은 사랑은 낡아진 속옷 모양 푹 푹 뜨거워지니 너무 오래 붙들었나요 사랑은요 무슨 불에 얹어둔 빨래가 넘는다구요 예 예 가봐야지요 아니요 가지고 계세요 지금은 묻지 않겠습니다

타전의 전말

낱말은 귀가 듣고 양말은 발이 신는다 양말도 제 짝이 있고 낱말은 그 뜻이 있다 빈말은 뜻이 없고 정말은 알 수 없다 긴말은 시간이 필요하고 준말은 용법에 준한다

그런데 마침표를 찍어야 하나 일단은 모서리를 접는다 닳아빠진 수첩을 보면 아직도 나는 배꼽을 잡고 웃는다 웃다 죽은 귀신은 때깔도 우습다는데 이렇게 죽을 수는 없다 양말도 제 짝이 있고 구멍난 양말에도 볕이 드는 날 새 신을 신고 뛰어봤자 나는 놈이 있겠지 말이 씨가 되어 별이라도 있고 없고 꿈을 꾸는 청춘이야 그게 다 빛이야 밤잠을 설쳤으니 낮잠을 잘 수밖에 가진 게 없으니 가질 게 없어라 젊어서 고생 살 수가 없어라 죽기 전에 사라지고 싶다 내 죽음을 나에게 알리지 말라 까마득히 울다 아득히 웃는 자여 네 입술에 취하라 취하고 취하면 마음이 평화를 얻으리니 자꾸만 헛것이 들린다 제발 지나는 길에 들러서 나를 좀 봐줘

전말은 알 수 없고 절망이 길어진다 가망이 없더라도 희망의 용법을 구한다

배꼽 부근

내가 집 나간 뒤로 빈집에 흉(凶)이 들어 당신 자꾸만 시름시름 늙어갔다 갈수록 혼이 밝아 야산의 수런거림이 들린다는 당신 날마다 지붕까지 손 뻗는 잡귀들 뿌리치느라 갈퀴처럼 터진 손을 가지게 되었다고 했다 돌아보면 집 나온 아기를 잡아먹는 산고양이가 있어 만삭 같은 울음 목 놓아 울었다고 그것 다 내가 그 집 나와 혼자 된 당신에게 일어난 일이다 지붕을 덮는 잿빛 구름 뼛가루처럼 흩날리는 안개와 깊어지는 검은 땅의 곡소리 내가 그 집 나온 뒤로 여자를 버리고 남근을 버리고 먼지처럼 산재한 흉을 쓸어다 당신의 당신 보내듯 관을 짜는 당신 이제야 내가 생겨났던 그 집 생각나 맨 처음 아기집에 들듯이 오래전 따로 떨어져나온 땅의 상처 같은 배꼽을 만진다

아버지와 소와 어머니와

소와 일천구백오십구 년

중학교에 보내지 않겠다는 아버지와 다투고
공복에 소를 몰고 나온 아버지는 홧김에 그만 엉덩이를 걷어찼다고 하지

소와 함께가 아니라면 집에 들이지 말라는 아버지와
저녁내 발자국만 남은 소와
문간에 누룽지를 긁어다 내어둔 어머니와

어머니 이이가 영영 집으로 돌아오지 않으려고 했대요

미역국을 받으며 흰 김을 후후 불던 어머니와
제까짓 게 가면 어디를 간다니 국자를 내려놓던 어머니와

나는 조그만 게 소의 꼬리처럼 한시도 가만히 있질 못하고

아버지는 방문을 닫고 나가 밤늦게 돌아왔다
어머니는 부엌에 나가 미역국을 데웠다
나는 있는 힘을 다해 울음을 터뜨렸다

아버지와 소와 어머니와

일천구백팔십일 년

나와

미경에게

당신 곁을 떠난 지도 벌써 사십여 일이 지나는구료 그간의 고생스러움은 짐작이 가지마는 빨리 귀국 못하는 내 심정은 정말 답답하기만 하다오

여보

당신한테는 정말로 견디기 어려운 생활이라는 것은 내 표현은 안 했지만 어찌 모르겠소 이 어려운 역경을 빨리 헤쳐나가야만이 좀더 나은 생활을 할 수 있기에 힘든 오늘의 생활을 참고 견디자고 부탁하고 싶구료

당신 보고 싶음은 정말로 어떻게 표현해야 할지 늘 불안해하는 당신

아이는 자고 있겠구료 이제 재롱이 더 늘었을 텐데 지금 일본에서 일이 계획보다는 늦어졌지만 잘될 것 같아 기다리는 중이니 이달 내로는 결말이 날 것 같구료 이번에 성공하지 못하고 귀국하면 정말로 큰일이 날 것 같기에 당신이 애타게 기다리는 것도 알지만 어떤 어려운 시련이 있더라도 참고 견디어주기를 재삼 부탁하오

같이 보내는 것은 지금 이곳에서 유행하고 있는 것이야 귀국할 때는 당신 이쁜 옷 사다줄게

지금 시각이 새벽 네시 오십분이라오

울지 말고 당신 너무 속상해 말아요

(1983년 2월 20일)

시월 병동

당신 아팠던 게 생각나 나 혼자 당신 다 살아내던 게 당신은 목구멍 가득 달을 삼키고 잠들었잖아 입을 벌리면 쏟아지던 달빛 잊지 못해 피보다 붉고 진한 손바닥 갈라진 손금 위로 생활도 막다른 길을 가려고 했지 그랬겠지 차라리 죽어서 시월 밖으로 나서려고 했겠지 뚝뚝 끊어지던 시월 낙엽처럼 떨어져 바닥을 쓰는 생활 그게 어디 쉬운가 당신 그림자 덮고 돌아 누우면 달빛 스미던 간이침대 이제 그만 자자 나는 벽을 붙들었어 가지 마 가지 마 우리 같이 살아 나는 꿈속에서 자주 창을 깼는데 시퍼렇게 시뻘겋게 흐드러지는 유리창 몇 번씩 손목을 긋는 거기 불쑥 들어오지 말란 말야 하나님 아버지 달이 점점 부풀어요 어쩌죠 당신이 못 살아도 나는 살아 당신이 있어 내가 있고 당신이 없고 내가 없고 그것 다르지 않듯이 그리고 묻겠지 당신은 누구고 나는 또 누구냐고 우리는 모두 무엇이냐고

당신의 죽음

1

내가 꿈꾸던 영혼이 온다 나무가 부는 바람을 타고 먼 데서 오고 있다 발가벗고 바람목욕 하러 가자 그는 잠든 지 오래 꿈이 그를 사로잡고 있다 그가 뒤척이는 것은 꿈의 체위를 바꾸기 위해서다 나는 몸을 열고 그를 흔들어 본다 일어나, 그를 관통하던 물길이 꿈에 사로잡혀 불길하다 바람난 사내처럼 냉정한 물길이다 하여 심장을 둘러싼 나뭇가지는 메마른 지 오래 나뭇잎이 뚝 뚝 뚝 떨어진다

2

그의 심장으로부터 가을이 왔다 낙엽처럼 바스락거리는 어둠을 펼치고 이제 그는 내가 모르는 체위로 사랑을 한다 나는 앙상해진 심장 가까이 나침반을 대어본다 침묵이 극점을 향해 기우는 때 일어나, 나뭇잎 하나 없는 심장이 무엇에 흔들릴 수 있겠니, 바람이야, 바람이 우리를 보고 있어, 먼길 펄럭이는 바람을 타고 나뭇잎 묻은 영혼이 온다 바람 부는 언덕으로 나뭇잎 따러 가자

당신의 기원

천년 전쯤 자작나무로 태어나,

숲의 끄트머리로 걸어가는 음악일 수 있다 나는 감은 눈 속에서 은밀하게 솟아나는 잿빛 자작나무들 바람이 불어 음악 같은 나무들 나무 같은 침묵의 음악들 아무리 귀기울여도 닿을 수 없는 그리하여 바닥없는 발자국 찍으며 흰 숲 눈 속을 걸어서 왔다 당신은 숲에서 만난 유일한 사람 길을 잃은 것처럼 사방을 둘러보았지 멀리 뱃속이 텅 빈 짐승의 울음소리 바람은 마침 구릉 구릉 하고 한참을 창백해진 당신이 차고 시린 나무의 아랫도리를 잡고 섰을 때 푸르르 몸을 떠는 나무 벌어지는 저녁의 초입 그제야 눈을 감는 당신 곰곰이 숲의 시작을 떠올려보려고 했겠지 발자국을 되짚어 숲을 나가려고 했을 거야 나는 눈을 뜨지 않는다 당신은 은밀하게 솟아나는 잿빛 자작나무들 바로 그 숲에서 만난 유일한 사람 천년 전쯤 자작나무로 태어나

당신, 이라는 문장

매일같이 당신을 중얼거립니다 나와 당신이 하나의 문장이었으면 나는 당신과 하나의 문장에서 살고 싶습니다 몇 개의 간단한 문장부호로 수식하는 것 말고 우리에게는 인용도 참조도 필요하지 않습니다 불가능한 도치와 철 지난 은유로 싱거운 농담을 하면서 매일같이 당신을 씁니다 어느 날 당신은 마침표와 동시에 다시 시작되기도 하고 언제는 아주 끝난 것만 같아 두렵습니다 나는 뜨겁고 맛있는 문장을 지어 되도록 끼니는 거르지 않으려고 합니다 당신이 없는 문장은 쓰는 대로 서랍에 넣어두고 있습니다 당신을 위해 맨 아래 칸을 비우던 기억이 납니다 영영 못 쓰게 되어버린 열쇠 제목이 지워진 영화표 가버린 봄날의 고궁 입장권 일회용 카메라 말린 꽃잎 따위를 찾아냈습니다 이제 맨 아래 서랍이라면 한사코 비어 있길 바라지만 오늘도 한참을 머뭇거리다 당신 옆에 쉼표를 놓아두었습니다 나는 다음 칸에서 당신을 기다립니다 쉼표처럼 웅크려 앉는 당신 그보다 먼저는 아주 작고 동그란 점에서 시작되었을 당신 그리하여 이 모든 것이 시작되는 문장을 생각합니다 당신이 있고 쉼표가 있고 그 옆에 내가 있는 문장 나와 당신 말고는 누구도 쓴 적이 없는 문장을 더는 읽을 수 없는 곳에서 나는 깜빡이고 있습니다 거기서 한참 아득해져 있나요 맨 처음 걸음마를 떼는 아이처럼 당신,

어제

어제는 당신이 나의 남자인 것처럼 몹시 하고 싶었어요 온종일 눈꺼풀을 타고 노는 당신 몇날 며칠 못 잔 나는 뜨거운 아스팔트 도로를 맨발로 달려요 소실점처럼 작고 실한 당신이 마중을 나오면 이역만리 이국으로 소풍을 가요 바나나 잎에 찐 찰밥과 파파야 피클 어때요 어제는 차가운 술을 당신과 뜨겁게 마시고 욕조에 누워 목욕이 하고 싶었어요 차오르는 물에 귓바퀴를 담그고 어제는 음 하고 엔진 소리를 내요 어디든 달려갈 수 있다 알기 쉬운 음으로 음 파 음 파 물고기처럼 꿈틀거리는 당신의 오른쪽 그리고 왼쪽 주름진 페니스를 따라 천 길 물속 알 수 없는 바람이 불어서 어제는 사랑이 처음 배운 단어인 것처럼 고백이 하고 싶었어요 벌어진 입에 가파른 숨을 불어넣으며 아 아 아주 깊이 가라앉을 때까지 힘차게 몸을 저어 꼬르륵 어제는 침몰하는 배를 타고 싶었고 그래서 어제는 내가 죽을 자리를 마련해야 해요 이토록 많은 어제는 수없이 많은 비문들 그중에 어제를 다해 당신을 사랑했어요 어때요 당신이 나의 남자인 것처럼 어제는

잠보앙가 델 수르

눈을 뜨면 골목 끝에서 어렴풋이 개 짖는 소리가 들렸다 가까이 가보면 앞발이 노랗고 몸통은 검은 철문에 가려 보이지 않던

사람이 지나가면 제 몸을 철문에 쾅 쾅 부딪치며 짖어댔다 앞발은 바닥을 노랗게 더듬는 게 그저 습관인지도 몰랐지만 볼수록 절박한 것이 있었다 하루는 낮부터 서성이던 사내아이가 저녁 무렵 개의 발을 향해 딱총을 겨눴다 그것을 당겼는지는 알지 못한다 아이의 얼굴은 가난하고 명석함이 있었다 전자는 남고 후자는 사라질 것이었다

그날 나는 철문 앞을 지나고 있었다 그러나 개는 나타나지 않았다 검고 고요한 날이었다

이제 당신은 자리에서 일어나 다른 곳으로 가도 좋다

첩첩산중

여행은 남빛 하늘로부터 시작되었습니다

나는 도요타의 맨 끄트머리 짐칸에 의자를 세우고 몸을 눕혔습니다 얼마쯤 달렸을까 땅에 불을 놓듯 지평선이 타오르기 시작하고 곧이어 뜨는 해를 볼 수 있었지요 어둠 속으로 달려드는 붉은 해는 참도 이상했어요 나는 짐짝처럼 흔들리면서 길이 구부러지면 여러 번 당신을 놓쳤구요 손을 뻗을수록 비탈에 박힌 돌들은 도드라져갔습니다 얼마만큼 깊은 곳까지 들어왔는지 물 고인 논이 하늘을 사각사각 베어 물은 곳 창틀이든 문틀이든 액자처럼 풍경이 고여 있는 마을 머리를 쪽진 여자 몸을 드러낸 건장한 사내 백발의 노인 발가벗은 아이들이 액자 속에서 걸어나와 나를 향해 손을 흔듭니다 첩첩산중 사내들은 산등을 펼치며 소를 데리고 사라졌구요 나는 천천히 눈을 깜빡거리며 생각해보는 겁니다 아찔한 구름이 코끝으로 내려앉는 그곳으로 들어가고 싶다고 당신도 없고 사랑도 없고 욕망도 없고 아무것도 없는 곳에다가 당신을 풀고 사랑을 풀고 욕망을 풀고 무엇이든 풀어서 휘 휘 저어놓고 물감 마르듯 사나흘 누웠다 오고 싶다고 그러면 당신이 먼저 물처럼 내 몸에 감겨듭니다 나는 산비탈을 달리는 도요타에서 짐짝처럼 흔들리고 있는데도 말입니다 이제 비탈 아래로는 동그란 망고나무떼가 보이기 시작합니다 언덕을 구르는 나무들 사이로 내 잠도 한껏 오므리고 망고나무떼의 부푼 세월 속으로 감겨들어갔어요 어디로 가야 당신을 볼 수 있습니까 모든 게 다 당신이야 나는 말하지 않습니다 나는 당신이 당신에게만 있는 것이 고맙습니다 당신이 어디에 있는지 가르쳐주세요 내가 그리로 가겠습니다

그리고 여행은 남빛 하늘로 저물어갔습니다

사이

시옷에서 이응까지 선 채로 포개었다가 아득히 눕는 이야기 보드라운 바람이 창문을 넘어오고 눈부신 커튼이 사샤 서셔 소쇼 수슈 스시 우리는 동그랗게 아야 어여 오유 우유 으이 가느다란 입술이었다가 오므린 입술이었다가 벌어진 입술로 누워 있는 사이 속옷을 아무렇게나 벗어서 발끝에 거는 사이 까르르 속삭이고 웃어버린 이야기 상처난 상처도 오해한 오해도 너는 쉬쉬 하고 나는 엉엉 울고 붉어진 이마를 쓸어주는 저녁에도 거기서 우리는 석양을 마주보는 사이 소원을 말하고 들어주는 사이 서운한 게 많아도 꾹 참는 사이 어쩌다 새 옷을 입으면 멋지다고 말해주는 사이 말하자면 별게 다 근사하고 별걸 다 기억하는 사샤 서셔 소쇼 수슈 스시 서서히 멀어지다 아련히 돌아눕는 시옷에서 이응까지 아야 어여 오유 우유 으이 소인처럼 찍혀 있는

한밤

신발을 이렇게 예쁘게 꺼내놨네

너하고 나하고 예쁘게 떠나려고

사랑의 방

언젠가 몰래 신어본 당신의 신발은
크고 딱딱하고 무거웠다

그날은 모두가 웃고 있었고
당신은 술병을 높이 들어올렸다
아무도 모르게 둘이서만
다른 곳으로 갈 수도 있을 것이다
헝클어진 신발들 틈에서
나는 당신의 신발을 한눈에 알아본다

어느 날은 당신이 불쑥 내 방으로 들어오기도 한다
그냥 오기 뭐해서 귤 한 봉지를 손목에 걸고

나는 잠에서 막 깨어나
입안 가득 고인 침을 삼킨다

현관에 가지런히 벗어둔 당신
신발을 숨기려다 그냥 두었다

우리는 귤을 다 먹도록 말이 없다

그거 알지
이제 몸을 움직이면 당신 소리가 난다

언젠가 몰래 신어본 신발처럼
크고 딱딱하고 무거운 당신

그리고 당신은 노랗고 시큼한 맛이 나

우리는 좁은 방안에서 귤 냄새를 풍기며
오래도록 누워 있다

문학동네포에지 057

연애의 책

1판 1쇄 2022년 11월 21일
1판 2쇄 2022년 12월 15일

지은이 — 유진목
책임편집 — 김민정
편집 — 유성원 김동휘 권현승
표지 디자인 — 이기준 김하얀
본문 디자인 — 최미영
마케팅 — 정민호 이숙재 김도윤 한민아 정진아 이민경 정유선 김수인
브랜딩 — 함유지 함근아 김희숙 고보미 박민재 박진희 정승민
제작 — 강신은 김동욱 임현식
제작처 — 영신사

펴낸곳 — (주)문학동네
펴낸이 — 김소영
출판등록 — 1993년 10월 22일 제2003-000045호
주소 — 10881 경기도 파주시 회동길 210
전자우편 — editor@munhak.com
대표전화 — 031-955-8888 / 팩스 — 031-955-8855
문의전화 — 031-955-2696(마케팅), 031-955-8865(편집)
문학동네카페 — http://cafe.naver.com/mhdn
인스타그램 — @munhakdongne / 트위터 — @munhakdongne
북클럽문학동네 — http://bookclubmunhak.com

ISBN 978-89-546-9027-0 03810

www.munhak.com

문학동네